단 한번 당신을 볼 수 있으면

묵흔(默痕) 시집

단 한번 당신을 볼 수 있으면

좋은땅

시집 구성

II부 夏夕夢話(하석몽화)

곡해된 추억이나, 찬란히 간직될 우리의 손깍지

III부 換節期(환절기)

끓어올라야 비로소 뜸을 들일 것이고

自害(자해)

상처 난 것들을
덧대어 꼬맸다

한 땀 한 땀
끝에서 끝까지.

아프진 않았다.

단지 덧나지 않길

단지 어색하지를 않길

매듭은 안쪽으로
마감할 것.

실밥이 빠져나오질 않길

박음질은 살 안쪽에서
이뤄지길,

1부

나의 첫사랑에게

너라는 전류는 나라는 자기장을 만든다고

네게 강한 자극을 느껴
내 작은 마음은 버티지 못하고
이내, 너에게로 빨려 들어간다

강한 끌림에
끌리듯 매혹적인 네게
나를 내던져,
네게 끌어 당겨졌다

강한 자극에
강한 떨림에
나의 작은 마음이 버티지 못하고
네게 멀어져 맴돌기만 반복하며

강한 느낌에
내가 좋아
네게로 다가가다,
내가 지쳐,

내가 아파,
네게서 멀어진다

내가 아파
너를 밀어내도
내가 아파
다시 맴돈다

너라는 자극에
내가 놓친 행복이었고
너라는 자극에
내가 만든 고통이었다

너에게서 온 자극에
우리가 만든 일종의 법칙.
무한히 빨려 들어간다,
튕겨 나온다.
나의 사랑, 나의 서툶이었다

純愛(순애)

내가 그 사람에게 바라는 것은

가장 기초적인 단순한 감정이었지만

그 단순한 감정조차 허락되지 않는다면

그건 사랑이 아니었구나

나는 그 사람에게서
느끼는 것조차
접목할 수 없는 것들을
접목 시켰을 뿐이구나,
그걸 사랑이라는 한 단어에 담았구나,

단순히 스쳐 가는 손길
생각 없는 간단한 말
단순히 하던 행동

그 모든 것들에

사랑이라는 꼬리표를 달았지만

그건 사랑이 아니었구나,

그런 단순한 감정에

정 혹은 호감일 감정에

구구히 나열할 수 없는

착각을 붙였구나,

그 모든 것에 나는 단순히

사랑이라 제목 지을 수밖에 없었구나.

委託(위탁)

사랑은 언제나 공평하지만은 않으니
양방향으로 가는 듯 갈라지는 마음은,
한쪽에서 나와 일방적인 질주로,
뒷걸음질 치는 자의 동의를 얻어 시작된다

언제나 완벽한 동의는 존재하지 않으니
거절 또한 완벽하게 존재하지도 않으니
다만 침묵을 지키다 어렵사리 운을 뗄 뿐.

모든 것은 네게로부터 시작되어,
나의 침묵 속에서 동의를 얻고,
모든 끝은 네게로부터 결정되어
서로를 괴롭혀 간다.

나의 의사는 중요하지 않다는 듯이
모든 결정을 당신께 맡길 뿐

언제나 공평하진 않지만

언제나 침묵할 순 없으니

모든 결정을 당신께 맡길 뿐.

사랑은 언제나 일방향일 뿐.

해바라기

고개를 빳빳이 쳐들고
한 곳만 바라봐라,
어찌 힘들지 않겠나

내가 있는 지면과
네가 있는 하늘은
가까우면서도 먼 곳.

고개를 높이 쳐든다고
가까이 보일까?
그건 물론 아니다

고개를 높이 쳐든다고
네가 가까이 오나?
그것도 물론 아니다

하지만 나는 기억하거든
따사롭게 나에게

다가왔던 그날을,
나는 기억하거든

정해진 자리 없이
떠오르다 저물다
그렇게 변해 가는
너를 보기 위하여,

동쪽, 서쪽, 북쪽, 남쪽,
그리고,
저 위의 하늘까지,
고개를 돌리고 돌리다

당신이 저문 그 자리에
고개를 높이 쳐들고
한 곳만 또 바라본다

나는 당신을
가장 먼저,
가장 빨리,
그렇게 당신을 마주할 거거든

한 송이의 해바라기로는
당신을 바로 보긴 힘들지.

네 송이의 해바라기로도
당신을 바로 보긴 힘들겠지.

구백
구십
구 송이
의 해바라기.

그래
나는
구백구십구 송이의 해바라기 되어

가장 먼저,
가장 빨리,
'그렇게 당신을 마주할 거야'

어디서 저물든
어디서 떠오르든

내 수많은 고개들로
마주하기 힘든 당신을,

가장 먼저,
가장 빨리,
‘그렇게 당신을 바라볼 거야’

*春留億(춘유억)

하이얀 하늘 아래
자기가 봄인 양.
나에게 안겨들으는
작은 홀씨는,
차마 품지도 못할
큰, 내 손으로 감싸안았다

하이얀 하늘 아래
자기가 봄인 양.
노란색 내 뿜는
수줍은 미소는,
하늘하늘 날아들어 와,
내 품에 안겨들었다

하이얀 하늘 아래
자기가 봄인 양.
작은 입김에도,
멀리멀리 날아가 버리는

작은 홀씨는,
차마 잡지도 못할,
내 작은 두 발로 쫓아 달렸다

자기가 봄인 양
날아들으는 작은 홀씨는

자기가 봄인 양
제 멋대로인 작은 홀씨는

차마 품지도 못할
작은 품 안에 날아 안겨
작고 작은 내 맘에
꽁꽁 숨겨 심었다
멀리멀리 날려 보냈다

"날아들어라 수줍은 맘이여."
작은 입김에도 날아 안기고
작은 입김에도 날아가 버리는
수줍은 봄에 흩날리는 홀씨여,

*春留億: 봄에 머문 기억

꽃샘추위

따스한 바람
봄,
봄이 왔는가?

차가움
한풀 꺾이고,

봄,
봄이 왔는가?

매서운 바람
흩날리는 눈
봄,
봄이 왔는가?

운명을 거슬러도
오고 마는,
세상 당연한 이치.

이 세상
옳고 그름이란
없기나 매한가지.
적어도 이 세상
명확함만이 있을 뿐.

봄,
봄이 왔구나.

눈을 날려도
날이 차도

봄,
봄이 왔구나.

당연하지 않아도
마땅히 옳다 하는
세상을 거슬러도,
봄,
봄이 왔다.

이 세상

옳고 그름이란

없기나 매한가지 나,

당연하다 점 찍은 너는

거스름 없이 오고 마는구나.

따스한 바람

봄,

봄이 왔는가.

이내 아쉬움,

차가움,

한풀 꺾이고

봄,

봄이 왔는가?

작은 별

매일 밤 꿈꾸던 꿈에
수많이 작은 별들이
찬란히도 빛나고 있었다

저기 저 많은 별들 사이로
떨어지는 별똥별

마음속 깊이 간직했던 꿈
설마 하는 마음
어린 시절의 순수함
그 한 가지
남아 있길 바라며

달밤에 홀로 앉아
무릎 꿇고 기도하던
현실과 이상,
혼동으로 가득한
작은 별들로 이뤄진 꿈

꿈은
이리저리 몸을 돌아 누일수록
발광하며 빛을 내뿜고,
잠만 설치고 있는데
그때의 나는 모른다

결국에 너는,
모든 것은 허상이라고
쫓을 수 없는 것을 쫓았다고
꿈에서는 결국 깬다고

긴 여운만
비잉…
비잉…

오늘도 나의 꿈속엔
작은 별 하나가 떨어진다

나의 꿈속 깊은 곳
응어리진 곳에
풍덩,

소리를 내며

물보라를 만든다

오늘도 나의 꿈속엔

작은 별들이 찬란히도 빛나고

오늘도 나의 꿈속엔

작은 별이 소원을 이뤄 준다고

나의 기도를 기다린단다

깨달음

내가 세상을 모르고 살 적에
내가 사회에 첫발을 내디딜 즈음에
무언가를 깨닫고 무언가를 보았다면
그건 아마 당신일 겁니다.

내 생에 있어
잘난 선택 하나즈음 있었다고.
내 생에 있어
잘난 과거 하나즈음 있었다고.

공원 벤치에서도
지하철역 앞에서도
어둑한 길 건너의
골목길에서도 보이는,

노숙자도,
중년의 남성도,
술 취해 비틀거리는 사람도,

하나같이 털어놓는 넋두리가

이제는 내게도 있습니다.

詩(시)의 언어

시라는 학문은
감정을 전달하는
하나의 매개체겠죠.

빠르게 흘러간
시간을 기록하고,
지나간 기억을
끄집어내 추억하는.

시라는 학문은
과거를 기록하는
기억의 산물이겠죠.

말하지 못한 것들을
꾹꾹, 눌러써 보고,
뱉어 낸 말들을
주워 담아 고쳐 써 보고

시라는 학문은

나를 위해 쓰는 걸까,

내가 기억하는 추억.

혹은 너를 위해

써 내려온 글자들일까,

말할 것들이 사라진다,

추억할 것들은 산산이 조각냈다,

할 얘기가 없어져

적어낼 것들이 없다

하고 싶은 말은

입천장에 부딪혀,

혀끝에서 맴돌다,

이사이에 부딪혀,

파열음으로 터져 나와

산산이 흩어져 닿지 못한다.

시라는 학문은

내 결여된 감정의

유일한 공감이자.

시라는 학문은
벙어리가 된 나의
유일한 언어였다.

나는 오늘도

감정도 아니요
언어도 아니요
과거도 아닌

알 수 없는 글자들을
종이에 적는다
시라는 이름으로,
문학이라는 포장으로,

내일

차가운 새벽공기를
한숨, 끌어 마시자.

새들도 아가 양도
곤히 잘 시간에,
바쁘게도 일한
노고를 위하여,

참 많이도 울었다
참 많이도 애썼다
찬란히도 빛날
아침을 위하여

가끔가끔,
비에 젖은 듯한
차가움,
비난받을 때
있을 것이다

그 누가.

그 누구라도.

비난할 수 있으랴,

찬란히 빛날 아침에

방울방울 반짝일

水晶(수정)을 만들어 낸 너를

차가운 아침을

방울방울 손에 담자,

맑은 하늘을 위하여

밤새 울던 이를 위하여

차가운 아침을

부드럽게 쓸어 만지자,

찬란히 빛날

아침을 위하여.

너의 밤새운

새벽을 내가 안다,

II부

夏夕夢話(하석몽화)

- 곡해된 추억이나, 찬란히 간직될 우리의 손각지 -

손각지

좋았던 기억도
예쁘던 그날도
쉬이 믿을 수 없습니다,

기억은 왜곡되고
추억은 곡해되기에.

차마 다 쥘 수도 없어
한 움큼 꽉 움켜쥐어 보면
작디작은 손으로
빠져나오고,
새어 나오고,

예뻤던 시간들을
한 움큼 덜어 내고
좋았던 순간들을
한 움큼 포기하고

약조는 기약 없고
세월은 가닥 없고
되살아날 용기는,
새어 나간 시간인가 봐요

서로 눈을 맞추고
서로 손을 맞잡고
이미 쥐었으나,
더욱이 잡고 싶었던.
너와 나의 곡해된 손 맞춤,

이미 덜어 냈으나
다시 잡고 싶고
곡해된 추억이나
한 움큼에 모든 걸 쥐고 살았던.
아름다운 우리의 손 맞춤,

다시 주워 담을 수 없으나
한 움큼 다시 담고 싶은.
왜곡된 기억에

곡해된 추억에

찬란히 간직될 우리의 손깍지.

*同床異夢(동상이몽)

혼자 남은 이불가에는
온기 하나,
옛정 하나,
남지 않은
차가운 이불가에는

혼자 남은 이불가에는
나 하나의 온기로
잠을 청해요

우리 함께 있던 이불가에는
눈을 마주 보고
손을 마주 잡고
살을 맞대던 이불가에는

함께 정을 나누고
살을 맞대며
나눴던 나의 사랑은,

당신이 전부 가지고
멀리 떠나서
나 혼자 남은
차가운 이불가에는

당신의 온기조차,
당신의 향기조차,
전부 가져가서
나는 모두 잃어버려요.

살을 맞대던 이불가에는
님은 돌아누우며
나의 마음만 커져 있어요

살을 맞대던 이불가에는
당신의 뒷모습에
나는 모두 잊어버려요

살을 맞대던 이불가에는
나의 사랑이 젖어 있어요,

살을 맞대던 이불가에는

나의 사랑만 남아 있어요,

함께 있던 이불가에는

님과 나는

달리 있는 마음이에요

함께 있던 이불가에는

당신은 끝내 모를

나의 마음이 숨어 있어요,

*同床異夢(동상이몽): 같은 자리에 누워 다른 꿈을 꾸는 사이

그대의 고운 손을 잡고
끝나 가는 밤을 향하여
힘차게 달리자.

지저귀는 벌레 소리,
들려오는 밤의 노래,
보일 것 같은 밤의 선율,
가락가락 귀에 담아 듣자.

새벽닭은
우릴 위해 울지 않을 것이다.
이 밤은 고조 곤히 지나갈지니.

떨려오는 심장 소리에,
떨려오는 우리의 눈과,
떨려오는 우리의 손을,
이 밤은 지나갈지니
한 땀 한 땀 눈에 담아 보자.

그대의 고운 손을 잡고
남기지 않을 미련이다.
너 또한 그럴 것이다.
아무도 모를 밤이 되어
지나가면 끝일 뿐이다

그 누구도 알 수 없고,
전혀 모르는.
그런 일로 치부되며
지나갈 밤일 것이다

그대의 고운 손을 잡고
끝나가는 밤을 향하여
힘차게 달리자,

새벽닭은
우릴 위해 울지 않을 것이니,
이 밤은 고조 곤히 지나갈 것이다,

*作者未詳(작자미상): 작품의 원작자가 누구인지 알 수 없음

*夏夕夢話(하석몽화)

오뉴월의 어느 날에는
새삼스럽게 여름밤에는
들끓어 오르는 감정에
술 한잔 기울여,
내 마음을 다독여 볼까

더운 여름밤에
잠을 청하며,

뒤숭숭한 마음으로
술 한잔 비워 낼
용기는
나에게 없다.

늘 그렇듯,
혼자 청승맞게
주저앉아
여름밤을 즐겨 보곤 한다

오뉴월 여름밤에는

꿈보다 더 아름다운,

꿈보다 더 선명한,

그런 신기한 일들이 있다

오뉴월 여름밤에

시원한 바람을 맞으며

무더운 공기와 대화하고

따스한 바람과 입을 맞추며

나를 끊임없이 비춰 주던

밤하늘은 나의 머리를 쓰다듬곤 했다

오뉴월 여름밤은

말로 설명 못 할

선명하지만

희미해지는

더할 나위 없이 아름답고

영원할 것 같았던 나의 바람.

그 모든 것들을 즐기곤 한다

지금도 오뉴월이 되면,
오뉴월의 어느 날 다다르면,

따스하게 불어오며
기분 좋게 머릿결 일렁이고
시원한 바람결 귀를 스쳐 가면

그날의 아름답던 목소리로
잠 못 드는 무더운 여름날
차가운 빗줄기를 내리며
나를 잠재우고 떠나간다

날씨가 후덥지근하며,
뜨뜻미지근한 공기에,
숨 한번 내쉬기 가빠지는
오뉴월의 어느 날

나는 그날을,
여름이라 부르며 기억한다

*夏夕夢話(하석몽화): 여름밤 꿈 이야기

그대를 꾼 밤

해가 져야
밤이 온다지요
달이 떠야
밤이 온다지요

눈 뜨면 아침이요,
눈 뜨면 밤이요,
눈 뜨면 밤 샜구나,

내가 눈뜰 내가
나의 첫 詩(시)니,
설움에 잠 못이뤄
낮에 눈 감으면,

낮에 꿈꿔도
아름답던 밤.
달콤한 꿈결이겠지,

날이 저물어야
꿈을 꾼다지요
어두컴컴한 밤에야
꿈을 꾼다지요

눈 감으면 꿈이요,
눈 떠도 꿈속이요,
눈 뜨면 꿈이었구나,

날 밝을 때
달이 떠오른 듯,
날 저물 때
해가 떠오른 듯,
그리도 기이한 이야기.

희미하게 떠오른 듯
날 밝아 그대를 꾼 밤

노스탤지어 나잇

엊저녁의 일과 같이
기억은 또렷하지만.
날 샌 밤과 같이
드문드문 있는 기억이여.

나의 갓 스물이요

나의 이십 대의,
하나둘의,
낯익으면 뒤돌 얼굴이여

마음 식고
할 말 없어
완전히 뒤돌아
떠나보냈던 얼굴이여,

다시 봐도
같은 얼굴로,

말없이 있는
한결같은 얼굴이여,

엊저녁의 일과 같이
기억은 또렷하지만.

잠 깬 아침의
기억나지 않는 꿈의
낯모를 얼굴이여,

사라진 기억이나
잠 깬 아침의
드문드문 떠오를.

스물예닐곱에야,
어렴풋이
올 얼굴이여.

忘却(망각)

보고 싶다는 말이
그대를 그린다는 말은 아니다.
살다 보면 잊히리다

내가 바라보는 세상에
가득한 그대의 눈에

푸르른 하늘과,
반짝이는 별과,
눈 부신 태양이,

그대라는 매질에 의해
나에게 굴절되어
가득
눈에 담겨
나에게로 온다

살다 보면 잊혀진다

그 말에 공감한다
살다 보면 잊히리다

항상 나의 눈에서
세상 한치 과함도 없는 네가,
살포시 내게 잡아당겨져
부드럽게 감싸안았다

너와 내가
바라보는 세상은
딱 한 뼘 차이

살다 보면 잊혀진다
내 시야에서
딱 한 뼘을 뺀.
네 세상의 전부도

못 잊겠다는 말이
그대를 그린다는 말은 아니다.
살다 보면 잊혀질 것이다

*春畫(춘화)

계절의 선명함을
난 탁함으로 본다.
그 탁함이라는
낯설고 접점 없는 이질감.

봄의 색깔은
선명한 노란색도
화사한 분홍빛도
탄생을 알리는
파릇한 녹색도 아닐 테니

선명한 흰색 위에
점을 찍듯
흩뿌려 섞어 놓은 오점

봄의 색깔을
더욱 연하게,
기억의 선명함이

더욱 연하고 짙어지도록,

코발트 블루
코발트 옐로우
코발트 핑크

선명함 위에
점 찍힌 오점의 화합물

선명하고 짙어지는 것들이,
연하게 산화되도록,
흩뿌리듯 써 내려온 수수함

선명함 위에
점 찍힌 오점.

산화되고 융화되어
빛바래진 봄의 설렘.

선명함에 물을 섞듯
흩어져 연해지는,

짙어진 감정의

들끓어 오르는 화합물

연하고 짙어진 봄에

탁함을 희석하듯,

흩뿌려 섞여진 선명함

수수한 우리만의 색.

코발트

*春畫(춘화): 봄의 그림, 봄을 그림

*雪夏(설하)

*雪夏(설하):

여름날에 눈은 내린다
눈이 휘휘 날리어,
여름을 어지럽혔다.

여름날에 눈은 내린다
따사로운 햇살 아래
차가운 꽃잎 하나
사뿐사뿐 내려앉는다

여름날에 눈은 내린다
푹푹 찌는 텁텁한 공기에,
차가운 눈도 푹푹 내리었다

어지러워 누워있노라.
어지러워 헛것을 봤노라.
정신 차려 더워하면
또다시 어지럽히며,
여름날에 눈은 내린다

*雪夏(설하): 눈 내리는 여름

시간의 발자취

야속히 흘러간 시간들에
어찌 아쉬움 남지 않으랴

바삐 흘러가는 시간들,
바삐 변한 모든 것에,
발걸음 맞추지 못하여
야속해 슬피 울겠지

애석히 흘러간 시간들에
어찌 미련 남지 않으랴,
느리게 흘러가는 시간들에
멀리 달아나고 싶어지겠지

야속히 흘러간 시간들과
애석히 흘러간 시간들에
어찌 혼란한 마음 없으랴,

이미 바뀐 것을,

이미 지난 것을,
너의 발자취는
가끔 빠르고 느려,
내 발맞춰 갈 수 없구나.

그러나 흘러가려무나,
한세월 흐르고 나면,
너도 숨 한풀 꺾이겠지.
그때 너의 발자취에
내 발걸음 포개 보리,

III부

換節期(환절기)

- 끓어올라야 비로소 뜸을 들일 것이고 -

換節期1(환절기1)

가을 아침 서글픈 까닭은,

무더운 여름.

쏟았던 열정이

식어 버린 탓이지요

가을밤 서글픈 까닭은,

무더운 여름

두서없이 써 내려온,

낮과 밤이.

뒤엉켜 버린 탓이지요

나 혼자 서글픈 까닭은,

적막 짙은

낮과 밤이

너무 오래.

지속된 탓이지요

너와 내가

가깝고도 멀어진 건

많은 게 뒤엉켜 버려서,

많은 게 변해서,

그런 탓이죠

너와 나의 서글픈

가을밤에 든 생각은,

무더운 여름.

차갑게 식어 버린

연유 탓인 거죠

換節期2(환절기2)

한숨,

들이쉬는 숨이 차갑다.

내뱉는 숨에도 냉기가 돌아

한가득 양손을 끌어다 놓아야,

한 줌 남아 있는 온기를 그나마 느낄 수 있었다.

나는 그때가,

그해 겨울에 도착한다는 것을.

한소끔 끓어오르기만 하면.

그해 겨울이 한 발 앞으로 다가왔음을.

한 줌 남은 온기로 느낄 수 있었다.

아직은 가을이다

내뱉는 숨과

들이쉬는 숨에 온기는 없지만,

아직은 가을이다

남은 것과
남길 것이 없지만,

한 줌 남아 있는 것들이
한소끔 끓어올라야
새들은 남쪽 나라를 향해
날아갈 수 있을 것이고.

한 줌 남아 있는 것들이
한소끔 끓어올라야
아기 다람쥐들이
겨울잠 준비를 마칠 것이고.

한 줌 남아 있는 것들이
한소끔 끓어올라야
나라는 사람도
준비를 끝마칠 수 있을 것이다.

아직은 가을이다
그 무엇도 준비되지 않았기에.
아직은 가을이어야 한다

그 무엇도 받아들일 수 없기에

아직은 가을이다
그해. 그때. 그 시.
그 모든 게 그대로,
그 모습대로,
한 줌 남은 온기로
가을을 끓일 것이다.

끓어올라야 비로소
뜸을 들일 것이고.
뜸을 들여야
겨울도 인사를 끝마칠 것이다

눈물이 마른 시간

반복되는 가을에

다시 느껴지는 공기에

뭐 하나 좋은 것 없이

차가운 느낌이

다시 오는 계절이었다.

마른 줄 알았던 설렘은

가슴 한편에서 아직 여전히 쿵쾅대며.

세상 밖으로 나가려는 듯이

쿵! 쿵! 소리를 내며 뛰고 있고

마른 줄 알았던 눈물은

어디서 나왔는지도 모르게

어느새인지도 모르게

흐르지 않을 것 같던,

큰 두 뺨에 스며들지도 않고,

사정없이 바닥을 향해 떨어지고 있었다.

다시 시작하는 게
두렵습니까?
다시 끝나는 게
두렵습니까?

모든 순간에 다시 설 결심은
당신의 선택에 매 순간
조용히 눈물로 뒤따랐을 뿐인데…

"눈물이 마를 시간도 없이
왜 또 결심을 내리는 겁니까"

*悲哀(비애)

나는 새로이 눈 뜨면,
새로이 맞는 아침을
가장 좋아했었다

새로이 물든 낙엽들
새로이 보이는 풍경들
새로이 느껴지는 바람들

내가 마주 보는 것들은
내가 너무 사랑하는 것들.

현재 사랑하는 것들과
새로이 사랑할 것들과
새로이 올 널,
마주하고 싶었다

새로이 마주한 모든 날 아름다웠으니
새로이 마주할 너도 필시 아름답겠지.

새로이 마주할 너를 필히 사랑할 거다

그러나 오늘은 이 자리에
그러나 오늘은 이 거리에
잠시 머물러 잊게 해 주오…

그리움에 그립다
말하지 않으려 하니.
지난날 사랑한 것들
잊지 못해 기다리네만

오늘을 떠나보내리.

새로이 다가오는 내일을 맞이하려.
마지막을 다해 오늘을 사랑하리

*悲哀(비애): 어떤 일이나 현상에 대해, 그것이 부조리하거나 바람직하지 못하
다고 여기면서 느끼게 되는 슬픔이나 서글픔.

怏心(앙심)

날이 저물고
달이 뜨면
차가워지는 공기에
몸이 외로워.

베고 있던 베개에
얼굴을 파묻어 보고,
덮고 있던 이불에
몸을 웅크려 보고,

밤이면 밤마다
찾아오는 외로움은 아니겠건만,
날이면 날마다
찾아오는 행복도 아니었어라.

베고 있던 베개랴
덮고 자던 이불이랴
외로움 아는 사람이랴

제 몸 모르는 외로움이여.

제 외로움 가히 모르는
쓸쓸하고 텅 빈 몸뚱어리여.
딱하고도 참하도다!
제 몸 모르는 외로움이여!

날 선 줄도 모르고
좋다 말하던 입술이여
그날에 나를 아는가?

돌아선 줄도 모르고
보고 싶다 붙잡던 야윈 손이여
그날에 나를 아는가?

식어버린 줄도 모르고
보고 싶다 생각한 가슴이여
그날에 맘을 아는가,

무엇이든 바라면 들어준다던
무의미한 그날의

약조를 그댄 아는가?

내 맘이 바라건대

그대.

차라리 이 세상 없어졌으면

*憤死(분사)

내 앞에 미소 짓던
*思慕(사모)한단 한마디가,
*詐冒(사모)하는 말일 줄을.

수줍은 입술로
떨리던 목소리가
詐冒(사모) 될 줄을.

예전도 지금도
그립은 님의 손길은,

예전도 지금도
나를 반기며

가엾은 내 맘에
잊히지도 않으며.
나를 울려 주는데

思慕(사모)하는 그대는
왜 이리도 詐冒(사모)하는지…

수줍은 내 맘으로
죽어도 모르겠지.

가엾은 내 맘으로
죽어도 모르겠지.

詐冒(사모)된 모습이라도
내 감겨 있는 눈앞에
다시금 비춰 줬으면

감긴 내 눈으로
다시 너를 보며
그립은 그대를
思慕(사모)하고 詐冒(사모)하며

쓰라리고 쓰라린 맘으로,
'너는 나를 사모했구나.'
'너는 나를 사모했구나.'

*憤死(분사): 분에 못 이겨 죽는 것
*思慕(사모): 마음속으로 애틋하게 생각하고 그리는 것
*詐冒(사모): 거짓으로 속이는 것

絶望(절망)

온 세상을 들여다봤을 때
세상과 나를 단절 시키듯
건물과 자연 사이는 갈라졌다

단절.
거대한 벽 하나를 두고

혹은 무엇도 볼 수 있지만
결단코 넘어갈 수 없는
촘촘하게 이어진 철조망 사이.
틈새로 보이는 지평선 넘어 세계는
"알 수 없음"
무지에서 나오는 미지의 세계.

"두 번 다신 궁금해하지 않아"
"두 번 다신 알려고 하지 않아"
무지 함을 인정하고 싶지 않으니까
아니. 굳이 알고 싶지 않으니까,

내다보면 앞은 보여.
하지만 선 넘어 세계는 묻지 않기로

내다보면 앞은 보여.
그러나 알 수 없는 것들에
두 번은 시도하지 않기로

"두 번 다신"

"두 번 다신"

그 무엇 하나 할 수 없지만
그래도 세계를 넘보는 중.
끓어 낸 것에 짧고 깊게 탄식하는 중.

맘에 깊고 깊은 다짐을 새겨
세계를 밀고 당기는 중

幻想痛(환상통)

오늘 밤에는 아름다운 꿈을 꾸었다
맨발로 밤을 거리 삼아 달리었고
스치우는 바람은 고요한 자장가 소리.
잠들기 싫은 꿈에서 계속 내달리었다

오늘 밤 지나면 끝나는 꿈.
깨 버리면 끝나는 밤에

너와 손을 잡고 달리며,
너의 손을 놓치고,
너를 쫓으려 달리며,
끝없는 밤을 달리다,

아름다운 별 하나를 보고
아름다운 달 하나를 보고

아름다운 꿈에서 잠들기는 싫고
점점 꿈의 모습은 흐릿해져 간다

아름다운 별 하나
아름다운 달 하나
아름다운 네 모습.

눈에 더 새기려
눈만 꿈뻑꿈뻑하다가
이내 잠이 들 때에,
눈물 하나 도르륵 흘러갔다

僞善(위선)

새벽닭 우는소리에,
밤새 설친 잠에,
부시시한 머리에,
눈 한번 비비고

아침 공기는 차갑구나.
아직 채,
날이 밝지 않은
겨울 아침이구나.

아직 남아 있는 밤에,
그리운 것들 생각하고
아직 남아 있는 희끗한 달에,
그리운 얼굴들 비춰 보고

날 밝기 전에
어둠 속에서만
몰래몰래 생각하고

날 밝기 전에
어둠 속에서만
몰래몰래 속삭이며

아직 남아 있는 밤에
서러운 것들 원망하고
날이 참 춥구나.
다시 한번 생각하며

붉은 해가 올라올 적엔
그 무엇도 생각 나지 않으며
그 무엇도 보고 싶지 않으며

날 밝은 적엔
겨울 태양
참 눈부시구나.

뜬구름 잡는
헛소리 섞인 혼잣말로
거짓말만 늘어놓고
오늘만 또 나를 속이고.

洛花(낙화)

참 아름다운 밤이지

모든 것들이 사라지고

모든 것들이 어색한

이 밤.

참 아름다운 밤이지

이상하리만큼

나 혼자 남겨져 있는데

참 아름다운 밤이야

불어오는 바람에

하나둘 떨어져 가는데,

나는 그 바람이

너무도 포근한 거야

이상하리만큼

하나둘 바람에 몸을 맡겨

뭐가 그리 좋은 건지,

저 딱딱하고 거칠거칠한
땅으로 전부 떨어지는 걸까?

있잖아.
나는 좀 더 매달려 있을래,
저 가지에 높이 매달려
모두가 나를 볼 수 있게

있잖아.
너무 높아 보이지 않아?
너무 아파 보이지 않아?
무슨 느낌일까
먼저 가 버린 너희들은

"아름다운 너는
너무 많은 걱정을 해"

척박한 땅이라 해서
부드러움 없겠니

딱딱한 땅이라 해서

포근함 없겠니

여기를 봐 봐,
그리 높지만은 않아

나는 온 힘을 다해
입김을 불고 또 불게,
그 바람에 몸을 맡겨

나의 손을 꼭 붙잡고
사뿐사뿐 누구보다 아름답게,
세상에서 가장 보드랍게,
그렇게 떨어지면 돼

참 아름다운 밤이지?
이상하리만큼 가까운데
볼 수 없으니 말이야

참 아름다운 밤이지
너를 볼 수 없어서,
이상하리만큼

떨어지지 않은 네가,

참 아름다운 밤이야

無言(무언)

몸이 앞으로 쏠린다
나는 멈추려 하는데
이놈의 지구라는 세상은
한자리에 도통 머무를 줄 모른다

앞으로 나아가진 않는다
뒤로 물러나지도 않는다

한자리에서 돌고 돌아
제자리.
결국 원점인데
도통 늦추는 법을 모른다

슬픔이라는
언어의 한계 속에
침묵 뒤에 숨어,
말이라는 얇은 그릇에
단어의 고갈이라고,

도무지 담기지 않는다고,

아니라고
그냥 그렇다고
모른다고

무기력의 한계 속에
세상을 표현할
단어가 고갈되었다고
언어는 한계를 직면했다고

몸이 뒤로 쏠린다
돌고 돌아 제자리.
뒤로 쏠린 탓에
나의 언어는,
세상과 함께 떨려
소음일 뿐이라고,

앞으로 나아가야만
언어가 전달된다는데
나의 소리는 굴절되어

방향성을 잃었다고

돌고 돌아 너에게 닿을 수 없다고
나의 귀에 다시 흘려들을 뿐이라고

IV부

끝맺음

- 나는 빌려온 시간 속에서 항해하며 -

단 한번 당신을 볼 수 있으면

"단 한번 당신을 볼 수 있으면"

가끔은 노래
때로는 시
이따금 哀(애)

그대로부터 흘러나온 것은 시.
시가 되어 그대를 부르지만
그대로 시가 될 수 없는,
비유와 은유가 될 수 없는
차별. 그대는 喜(희)

"단 한번 당신을 볼 수 있으면"

사랑이라는 주어에
목적어도 서술어도
뒷받침할 수 없는.
언어의 부재

때때로 怒(노), 늘상은 樂(락)

뇌리와 마음의 역설

"단 한번 당신을 볼 수 있으면"

점 찍은 마침표에 괴리감이,
제목 대신 적어 놓은 머리말에 이질감이,

늘상 떠나지 않는 건
늘상 맴돌고 있는 건

무어라 불러야 하나.
무엇을 그려야 하나.

단 한번 당신을 볼 수 있으면,

25시를 향하여

지금은 23시 50분
끝이 났다,
한데 모아 뒤엉켜 버린
생각들의 서사들,
남은 10분은 여백의 소멸,

지금은 23시 59분
내일의 입구로
1분의 카운트다운,
시간의 경계선에서 나는 곡예사,
단단히 굳어 식어 가는 감정의 줄타기

지금은 24시 00분
어제의 마침표,
오늘의 시발점,
지양하던 미래에게
습관의 어제를 내주려,
노력하던 답습의 시간들

지금은 24시 10분

00시 10분의 순리를 거부하고,

미완의 서사(敍事)를 종결하기 위해,

지양하던 미래의 시간 축에서

기어이 한 칸을 빌려 왔다,

결론지었던 끝을 풀어헤치고

뒤엉킨 것들을 찬찬히 펼친다

매듭을 올바로 묶어,

서사의 끝을 응시하고

모든 불안에게 침묵을 명령했다,

그때가 24시 30분.

나는 빌려온 시간 속에서 항해하며

25시를 향하여 닻을 올렸다

내게도 사랑하는 사람이 있었습니다

사랑하는 사람이
내게 있었음을.
케케묵어 버려
정차해 버린 시간만이,
"이제 네게 남아 있는 건 없어."
너의 부재를 알린다

묵을 대로 묵어 버린 시간과
아직 잔존하는 것들이 있던
시간상 속에 4차원.
누구도 볼 수 없던 차원 속
갈 곳 잃은 방향성이었나.

내 힘줄을 끊어 내
제힘 하나로
단단히 지탱할 수 없는
두 발을 만들어 냈다

나를 지탱하던 축이
제 몸을 지탱할 수 없게
나를 싹둑 도려냈다

나의 자유를 도려내고
정해진 선을 따라 걸었다
하늘도 없고 땅도 없는 세계를.
사랑하는 사람이 내게 있었음을

이제는 볼 수 없고
이제는 만질 수 없고
이제는 들을 수 없음을
내 오감이 사라지고 있음을

침묵은 고요히
방향 잃은 어린양을 관통하여
"너는 무엇 하나 인식하지 못해"
묵은 침묵상에 산통을 깨듯 외친다.

묵어 버린 시간 속
알 수 없는 침묵상에도,

어린양에게

"사랑하는 사람이 있었음을"

*終天之慕(종천지모)

당신의 발아래
무릎을 꿇고
당신의 발아래
눈물만 훔치며

당신의 떠난 뒷모습에
그 어떠한 말 없이,
당신의 발자국에
조용히 입을 맞추며

당신이 돌아오길 기다린
지난 몇여 달은,
내게 있어
좋은 기억만은 아니었습니다

내게도 당신께도 누구에게도,
돌아가고 싶고
그리운 그때가, 순간이,

하나쯤은 누구나 있을 겁니다.

내게도 당신께도 누구에게도,
부정하고 싶고
잊어버리고 싶은
기억 하나쯤은 있을 겁니다.

그날의 향기가
가득 서려
코끝이 찡하게,
실려 오는 향기에.

아린 듯이 실려 오는 무언가는,
무엇이 서려 있나
설명하기 어렵습니다.

형체가 있는 것도 아닌데
더듬다 보면
손에 잡힐 것도 같습니다.

손으로 잡을 수도,

눈으로 볼 수도,

귀로 들을 수도 없는데,

기억을 더듬다 보면

그리 될 것도 같습니다.

기억을 더듬다 보면

지난 몇여 년은,

내게 있어

좋은 기억만은 아니었습니다

그리할 수도 없는데,

생각을 하면 할수록

그리될 것도 같습니다.

말하는 대로,

떠오르는 대로,

내가 바라는 대로,

*終天之慕(종천지모): 이 세상 끝날 때까지 계속되는 사모의 정

永遠(영원)

반복되는 일상은
평범함을 동반하는 줄 알았는데.
반복되는 일상은
사랑인 줄 알았는데.

아아, 사실 알고 있었나,
반복되는 일상은
지쳐 간다는 것을.

아아,
'어리고 어리고 어렸던
소년이여 소녀여,'

불변하리라 믿었던
평범하고 반복되는 일상에
무엇이 변해져 갔나

아아,

'어리고 어리고 어렸던
소년이여 소녀여,'

작고 작고 작은
새끼손가락으로,
서로를 꼭, 걸어 잠근 채,
'겁도 없이 영원을 말했나'

아아, 시간은 우리를 갈라놨지만,
사랑은 불변하여,
여기 이 자리 그대로
영원토록 남아,
서로를 그리워하는구나.

아아, 나는 불변하리!
영원하고 싶었던 나를 위하여.

아아, 나는 불변하리!
영원하자 말했던 너를 위하여.

'아아, 나는 영원토록 불변하리라'

영원하지 못한 너를 위하여

'아아, 나는 영원토록 불변하리라'
영원하자 말했던 우리를 위하여
'나는 영원히 불변하리라!'

나는 여기 이 자리 그대로
영원토록 여기에 남아,
반복되는 우리를 위하여
'나는 영원히 불변하리라.'

끝맺음

시작이 있으면
끝이 있는 게
당연한 거겠죠?

눈부신 시작에
눈 시린 끝마침이
너무 두려울 뿐.

시작과 끝에
함께했던 당신이,
옆에 없다는 게
너무 아쉬울 뿐.

시작을 열었던 당신이
끝맺음을 짓도록,
기다리는 시작이,
너무 맘 아플 뿐.

*加減不得(가감부득)

기억을 더듬다
좋은 기억이 떠오른다면
그건 당신 몫일 테지.

아침, 눈뜰 때에
숨 쉬듯 떠오르는 그대.
잠자리에 몸을 뉘어
눈꺼풀 잠길 때에
꿈속에서도 떠오르는 그대.

설령 모든 기억 잊었대도
여전히 맘에 깃든 그대,

나는 오늘도
그대를 사랑하여,
참지 못하고
그만 울어 버리는데

설령 모든 기억 잊었대도

여전히 맘에 깃든 그대.

나는 오늘도

그대를 사랑하여,

참지 못하고

그만 미워하는데

물밀듯 차올라,

추억이라 이름 짓고,

차츰차츰 잊어 간대도

한소끔 지켜본 기억.

그건 필히 당신 몫일 테지

*加減不得(가감부득): 더하지도 덜하지도 못하는 마음

모른 체

너의 물음에
답하지 않고,

너의 일상에
관심을 그치고,

너의 울음에
답장하지 않고,

당신은 요즘 뭐 하고 지내나?

가슴속 응어리가
그대의 질문일 생각을,
맴돌게 하며 메아리치고

나는 당신의 일상을
나의 일상으로 치부하고,
우리의 흔적을

역주행하고,

그대는 뭐 하고 지내나?

당신을 이따금 떠올리고
당신을 때때로 그리고
당신을 내내 찾고

끝내 그대를
흐른 시간에
쓸리지 못해,
잔존한 옛일로 치부하고

安息日(안식일)

오늘이 나에게
주어진 마지막 날이라면,
나는 나에게
마지막 안식을 선물하겠네

사랑하는 이들에게는
앞날에 축복을,
증오하던 이들에게는
후회의 용서를,
미움받던 이들에게는
따듯한 위로를,

오늘이 나에게
주어진 마지막 날이라면,
나는 나에게
아름다운 밤을 선물하겠네

지난날에 지우지 못한

시커먼 밤하늘에

오늘 밤에는,

보름달이라는 등대를 놓겠네

지난날에 흘린 눈물자국은

오늘 밤, 밤하늘을 수놓을

은하수가 되게 하겠네

오늘이 나에게

주어진 마지막 날이라면,

나는 나에게

아름다운 꿈을 선물하겠네

꿈속에서

아름다운 노래를 들으며,

꿈속에서

아름다운 나라로 여행하며,

꿈속에서

사랑하던 사람과 식사하며.

오늘이 나에게

주어진 마지막 날이라면

오늘 나에게 주어진
모든 것들에 감사하며.
오늘 나에게 주어진
모든 것들에 만족하며.

나의 마지막에는
모두에게 영원한 축복을 빌며,
나의 마지막에는
설레는 미소를 띤 채.
오지 않을 아침 잠을 청하겠네

감정이 메마른 사람들에게

오후, 늦은 점심상에는
묵은 침묵만 놓여졌다.
시간은 웅크린 그림자처럼
훌쩍 뛴 후였다.

오늘은 먼지 쌓인 책의
첫 장 대신 묵직한 침묵을 확인하고,
어색한 입꼬리를 차가운 창가에 기대
평범함에 빠져 볼 생각이었는데 말이지.

그렇게 만든 것이지, 삶이.
여유가 없어졌으니까.
식어버린 커피 한잔만
말 없는 의자 하나만
조용한 창가에 덩그러니 두고
텅 빈 눈에 서린 게 없는 나인데,

산문?

운문?
그런 종류의
구분은 필요 없지.

단지 무언가를 즐길
낭만이 필요했을 뿐이니까.
삶의 여유를 입에 머금어
혀끝으로 음미하고 싶었을 뿐이니까.

사회에 첫발을 내디딜 때도
첫사랑을 시작할 때도
모두에게 똑같이 찾아온
두려움도 설렘도,
그 낭만을 지킬 여유가
삶에게 스며들었으니까,

어쩔 수 없는 일이지.
삶이라는 게 원래
우리의 낭만을 먹고,
여유를 가둔 채로,
필요랑 맞바꾸는 식이니까.

그러나 가끔은 말이야.

삶에게 내어준,

메마른 것들을

이따금, 찾아오고 싶어지면 어떡하지?

生

生과 死
生은 生.
死는 死.

살고 죽는 것이 두려우냐?
달랑 하나 남은 생이 아까우냐?

"달랑 한숨에 태워질 생이"

살았다
죽었다

켜졌다
꺼졌다

"달랑 하나 남은 생에"

달랑 하나 남은 생으로
언어를 배웠고,

달랑 하나 남은 생으로
걸음마를 뗐고,

달랑 하나 남은 생으로
죽음을 향해 행진하는 것을

생.
혹은 死,

살았다.

무언가 하나
달랑 남긴 채로,

「침묵 속에 남겨진 흔적」

언제나, 평범한 일상의 반복이 곧 영원(永遠)일 것이라 믿었다.

그러나 시간은 우리를 갈라놓고, 사랑은 공평하지 않음을 알았다. 그리하여 나는 나의 존재를 당신이라는 전류에 의해 생성된 자기장이라 명명했고, '순애(純愛)'라는 이름으로 스스로를 기만했다. 깨달음이 온 뒤, 나는 절망이라는 거대한 벽 앞에 섰다.

나는 그 절망 앞에서 도망치는 대신, 정해진 24시의 순리를 거부했다.

나의 고독한 '묵흔(默痕)'은 "내게도 사랑하는 사람이 있었음을" 증명하려는 비장한 노력이며, 상실과 단절의 계절 속에서 "한 줌 남은 온기로, 기어이 가을을 끓이려는" 의지이다.

이 모든 투쟁이 단 하나의 소망으로 귀결된다.

내가 빌려 온 시간 속에서 항해하며, 당신이라는 존재를 단 한 번, 단 한 번만이라도 다시 볼 수 있다면.

2025년, 묵흔(默痕) 씀.

단 한번 당신을 볼 수 있으면

초판 1쇄 발행 2026년 2월 19일

지은이   묵혼
펴낸이   이기봉
편집   좋은땅 편집팀
펴낸곳   도서출판 좋은땅
주소   서울특별시 마포구 양화로12길 26 지월드빌딩 (서교동 395-7)
전화   02)374-8616~7
팩스   02)374-8614
이메일   gworldbook@naver.com
홈페이지 www.g-world.co.kr

ISBN   979-11-388-5506-8 (03810)